無我夢中

夢海さなみ

M
u
g
a
m
u
c
h
u

文芸社

無 我 夢 中

まえがき

この本を手に取り
　読んで下さる方へ

ありがとうございます

ドキドキしています
ワクワクしています
ハラハラしています

私は
無我夢中になる事すら
気付いてなかった子の母となり
拍手を送ります

それでは区切り詩となりました
「無我夢中」
どうぞ、お楽しみ下さい

無我夢中　目次

詭弁

Poésie

レポート

君へ

境界人
kyôkaijin

鏡

「司令官。

流れに沿うのは楽なのですが、
流れに乗るのは難しいです。」

「…はい。

立ち止まりたいのですが、
底が見当たりません。」

「…はい。

臆病なのです。」

「…自慢なんて、してません。

本当に、臆病者なのです。」

「…はい。…はい。異人です。」

「御免なさい。」

「許して下さい。」

「お願いします。」

「私を（無）へ還さないで下さい。」

「私への不満を
不安や苦しみに変えないで下さい。」

『………。』

「………。」

「…司令官。」

「司令官。私に
地を下さい。」

『………』

「………」


「あははは！」

「馬鹿は死ぬまで懲りないのです。」

歪

墨色の海を泳いでいたら
目の前に白い蛇が現れた

捉えようとしたら
（ぐにゃり）と歪んだ
それは、白い蛇だと　解っていても
同じく歪んだ目を持つ僕は
それを怖れた

公園

精一杯生きたい子供は
冒険をする
精一杯生きている子供は
探し物をしている
何もかもどうでも良くなって
とにかく、休みたくなった子供は
ベンチに座って
空を眺める

座ったベンチが
（ペンキ塗り立て）であっても
月とあいさつをして

家に還る子供もいれば、
そのまま動けず
銅像になってしまう子供もいる

心配しないで
心配しないで
己の事だけを考えて
酸性雨が流れる度に君は
少しずつ、少しずつ、
強くなる筈だから
君の首はまだ、
固くて動かないけれど
君の肩には
時折　目の赤い鳩が
いつだって　居るんだ

酔生夢死

頼りにするのは幻想の世界
恐れるのは未知の世界
現身を匿し
余所見もせず
立ち止まりもせず
誰も信じられず
己も信じられず
何も知ろうとせず
何も解ろうとせず
己の人生を嘆き
気が付いたら

純白の家に
血が一滴

悪循環か?

無知だった頃の己を恥じる
無知ではないが
未熟な己を恥じる
それでも、
遠い未来の己への望みは
まだ、
未熟な己の手の中にあるのだ

悪循環か?

そう思うのなら君の負け
そう思わないのなら君の勝ち

畜生

「助けて！」
何度も何度も
呪文の様に言った
でも
助けてくれず、笑う

泣いた
泣き叫び、助けを求めた
でも
笑う　大声で指差して笑う

助けてもらえない悲しみは
怒りに変わり
やる気に変わり
そこから
　出る事が出来た

勝ったと思った

自分に

道普請

「いいなぁ。」
「すごいなぁ。」

思わず感涙してしまいそうなぐらい
生き生きとしている貴方から
元気を貰いました
勇気を貰いました
夢を見つけました

無限分の一%

「いいじゃないですか。
砂浜の砂、ひと粒分の希望でも
若し、起こる出来事なら
奇蹟だ！　って
言われるぐらいの事でも、
無限分の一%ぐらい、
可能性はあるんですから。…」

「生きていれば、
その可能性だって
生きるんですよ？」

「信じていたいじゃないですか。」

勇往邁進

知識慾
経験主義
学びたい
学びたい
必死になって読み漁る
動揺する
発狂を押さえる
無我夢中である

次々溢れ　渦巻くそれは
鋭く尖っていて
中心から突き破り

出てくる
出てくる
苦しい程に
無我夢中である

(突き進む厚かましさは
挑戦には欠かせぬ
力となる)

努力だけは惰らぬよう、
全てを　糧にしたいと願う

詭弁
kiben

それだけじゃない

恐いだけじゃない
悲しいだけじゃない
逆に
・・
それを利用して
逃げてる

聞き手

助けを求めるのにも
願い事をするのにも
それらを聞いている相手は
神様や
他人ではなく
自分
自分に
いつも自分に
語りかけている

無音

君が何かに悩んでいるのなら
私は応援しようと思う
君が何かに悲しんでいるのなら
私は励まそうと思う
君が何かに喜んでいるのなら
私は祝福しようと思う
君が何かに怒りを感じているのなら
私はその事について熟慮しようと思う

私は君の状況を知らない
私は君の情況を知らない

だから、ついつい
「お元気ですか？」なんて書いてしまう

偽善な嘘

歳が増え
嘘をつく回数が増え
嘘をつかれる回数が増え
それでも
安心していられるのは
これまで
正直な心に
傷付けられた事もあったから
あの人だって
それを知っているから
嘘をついたんだ

気宇

死んだ心の時計は
いつも同じ時間《とき》を繰り返す

生きる心に
永遠は大きすぎて
這入りきらない

当て嵌めるのなら
人間《ひと》なら
誰もが持っているであろう
情けだろう

小田原評定

動く身体と考える脳が
二つに引き裂かれ
中心に立ち
議論を繰り返す

うずうず
うづうづ
うつうつ
（議論の声が止まらない）
受け止めて
打ち返して
（その間にも現実逃避）

……さて、
どうしたものか？

Poésie

言霊

「ありがとう」って
言うのは照れくさい
言わないのは後ろめたい
言えないのは悔しい
言えたら嬉しい

私《わたくし》も、そのひとりでございます

まやかしなのに
真実とされていたり、
真実なのに
あまりにも素頓狂だという理由で
まやかしとされていたり

まやかししかなければ
まやかしが、真実に変わってしまう

真実と嘘の両方があっても
信じてくれる人が少なければ
それは嘘となり、

信じてくれる人が多ければ
それは真実として、
時には
教科書にまで仲間入りする始末

まやかしばかりの世界で
真実を発見するのは難しい
真実だらけの世界で
嘘を見抜くのも、難しい

まやかしと真実の境界線に立つ
心地よさを知っている
浪漫主義者達

午後

外に居る鳥の声が
硝子障子に反射して
私の傍で
鳥が鳴く

外で舞う葉の声が
硝子障子に反射して
私の傍で
葉擦れする

己の影

赤黒いあれを
不潔だと
陰気だと
卑しいと
嫌う人
嫌い、逆の
光を求める人

影は
光の中に立つ人間から作られる

影を見ない人
影を生きる人
影を知らない人
影を見る人

光の中に
皆　居る

「love and help me.」

砂漠に一輪の花を担ぎ
汐の香り　頼りに
海を目指す

渚で花に海水を与える
じわじわと染み入る様《さま》を眺めていると
仄かな光が目に付いた

海の真ん中で
扉がこちらを見ている

一歩　一歩　近付くけれど
花はすっかり浸蝕されて

和らかな砂に　足が付かない

還らねば
還らねば
花が涸れては
夜も日も明けない

家路を走れ！
一度でも振り返れば
過去の道を這いずる恐怖が
追いかけてくる
追いかけてくるから

花が枯れては
夜も日も明けない

夢路旅

好きなものだけ持って
好きな場所へ行く
好きな場所をさがしに
旅を始める

さがしているのは海です
さがしているのは山です

見逃さないよう
歩いて歩いて歩いて歩く
焦ってしまう気持ちから
走って走って走って走る

理想はこんな家です
理想はこんな環境です

晴れた日はおむすび食べて
雨の日は読書して
雷が落ちた日は一日中眠って
空が白い日は休み休み進む

好きなものと
途中で貰ったお土産持って
まっすぐ
まっすぐ
旅を続ける

馬鹿

自分のしている事は
歯痒いくらい
馬鹿だ

けど
信じている

私も
馬鹿だ

児戯
jigi

恐縮ですが
切手を貼っ
てお出しく
ださい

1 1 2-0 0 0 4

東京都文京区
後楽2−23−12
(株) 文芸社
ご愛読者カード係行

書　名			
お買上 書店名	都道府県　　市区郡　　書店		
ふりがな お名前		明治 大正 昭和　年生　歳	
ふりがな ご住所	□□□-□□□□	性別 男・女	
お電話 番　号	（ブックサービスの際、必要）	ご職業	

お買い求めの動機
1. 書店店頭で見て　2. 小社の目録を見て　3. 人にすすめられて
4. 新聞広告、雑誌記事、書評を見て（新聞、雑誌名　　　　）

上の質問に 1. と答えられた方の直接的な動機
1. タイトルにひかれた　2. 著者　3. 目次　4. カバーデザイン　5. 帯　6. その他

ご講読新聞　　　　新聞	ご講読雑誌

文芸社の本をお買い求めいただきありがとうございます。
この愛読者カードは今後の小社出版の企画およびイベント等の資料として役立たせていただきます。

本書についてのご意見、ご感想をお聞かせ下さい。

① 内容について

② カバー、タイトル、編集について

今後、出版する上でとりあげてほしいテーマを挙げて下さい。

最近読んでおもしろかった本をお聞かせ下さい。

お客様の研究成果やお考えを出版してみたいというお気持ちはありますか。

ある　　ない　　内容・テーマ（　　　　　　　　　　　　）

「ある」場合、小社の担当者から出版のご案内が必要ですか。

希望する　　希望しない

ご協力ありがとうございました。

〈ブックサービスのご案内〉

小社では、書籍の直接販売を料金着払いの宅急便サービスにて承っております。ご購入希望がございましたら下の欄に書名と冊数をお書きの上ご返送下さい。（送料１回380円）

ご注文書名	冊数	ご注文書名	冊数
	冊		冊
	冊		冊

木登り絶ち

いつも登っていた木に登り
景色を眺めた

「木が傷む。」

そう言われ
しぶしぶ木から降りた
今度は地から
木を眺めた

なんだか小さく見えた

金木犀

早朝
窓を開けると
雨上がりの
金木犀の香り
懐かしい時間《とき》に
寝転がって
目を閉じる

次の瞬間
お昼前

なぞなぞ

動物には少なくて
人間なら必ず流す
意外と温かい液体って
なぁーんだ？

なぞなぞ（二）

丸いと銀色で
三角だと黄色のもの
なぁーんだ？

陰

グルッテル
シャベッテル
キニナル？

憧れの的

「我儘言わんの！」

怒られて
我慢して
我慢出来ず
また
　怒られた

「あの子はえらいね。」

チラリと見る
何だか恥かしくなった

何でも出来るような感覚と
何も出来ない現実と

チラリと見る

「えらいなぁ…。」

何だか
　自分が
　　恥かしい

何だか
　あの子が
　　羨ましい

徹底！ 集中力

マッチをこすり
火の点くにおい
火を消して
マッチから出る　出る
煙のにおい
こすって　消して
こすって　消して
こすって　消して
マッチがもうない

花の蜜を吸う
花だけむしって
甘い蜜を吸う

むしって　吸って
むしって　吸って
むしって　吸って
緑色だけになった

走る！
我武者羅に走る！
両手には（好物の）
カステラだ！
あっ！　転んだ！
泣いた！
血が出た！　痛い!!
でも、カステラは離さず
消毒液という天敵と戦う！
そして、

走る！
また走る！
同じ道を
まだまだ走る！

大きいの
小さいの
つかまえて
どうもしないけど
つかまえる
チョウチョ
コオロギ
カマキリ
トンボ
テントウ虫

かたつむり
セミ、声だけ
さがして
さがして
どこにいる？
「あんな高いとこにおったら
　つかまえられんやん。」

腹減って帰った

レ ポ ー ト
report

無味乾燥

悲しみや辛さから逃げていたら
幸せを感じなくなる
悲しみや辛さに耐えていたら
幸せを感じられる

苦しみから逃げる
幸せからも逃げる
何も感じない

それって
不幸せなのかもしれない

傷付く事も無いけれど
楽しさも減ってしまう

恥かしがり屋の八方美人

※侵害する虫

白く
甘酸っぱい蜜を垂らす
花を隠す
ほら、
触角を持った黒い虫達が
一緒になって
白い花を隠そうとしている

※助言する虫

一匹だけ大きく
我を主張する金色の虫が言う

「これ以上
惨めになる必要はあるかい？
これ以上
惨めだと思う必要はあるかい？
口を隠したって
耳を隠したって
花を隠したって
いつかは試されるんだ。」

学校の廊下について

○授業中…授業中の廊下は
教室から追い出され、
寂しそうです。

○放課後…放課後の廊下は
何かに酷く怯えていて、
その恐怖感が伝わってきます。

※ちなみに、
廊下が一番幸せを感じるのは
休み時間だそうです。

特別

誰もがひとりひとり特別で
世界はとても広くて
宇宙はもっと、とても広くて
でも
誰もがひとりひとり心を持っていて
　　　　身体を持っていて
自分にとって
誰かを特別だと感じるのと同じ様に
誰もがひとりひとり特別です

百鬼夜行

虫も殺す僕達

魔風から成り
魔道から成り
自我喪失から成り
我儘から成る
犯罪行為

僕達はそれを
隠そうとしたり
楽しんだり
謝ったり
心に刻んだりして

時間《とき》が過ぎるのを見る

其　相応の仕置を身に染み込ませ
慾を捨てきれない僕達は
詭弁でも何でも使って
また、
新たな虫を殺す

底流

（揺らめく水面の奥に
　　　動かぬ意思がひとつ）

「ここまで流されてくる間に
ごろごろ　ごろごろ
だんだん　角が取れてきて、
ようやくここに
落ち着きました。」

「ここは、良い場所です。」

「春には
水面に浮く
桜の花びらが見れますし、
夏には
水と日光が混ざり合い
ぽかぽかと温かいですし、
秋には
水面いっぱいの
赤や　黄や　茶色の空が見れますし、
冬には
少し、冷たいですけれど
氷のおうちに住めますし…」

「ここは、本当に居心地が良くて
成可く、動きたくはありません。」

「…しかし、
こうしている間にも私の身体は
だんだん、小さくなっているのです。」

「何時《いつ》、流されてしまうのか…」

「…辿着くのは
海の底でしょうか?
それとも
川岸でしょうか?」

「…辿着く前に、
私の身体は消えてしまわないでしょうか
…?」

「私にも、
誰にもまだ、
解りません。」

日常に愛情を

小さなトマトは
甘酸っぱいままでいただく
大きなトマトは昔、食べられなかった

教えてくれた
克服の方法

大きなトマトには
砂糖をかければいいの
それだけで
甘く、美味くなって
野菜が果物になる

現実達

己しか知らない現実
二人にしか解らない現実
その場に居る人達しか見ていない現実
誰にも知られない現実

いつも
いつでも
いつまでも

現実達が
日の暮れと共に
空を舞う

君へ

kimie

初めて

新しいって
知らないだらけ
疑問だらけ
だから、
訊くのも
調べるのも
確かめる為
知識をつける為
恥じゃない

充実

何かを大事にし
誰かを大切にし
己を愛しく思い
空虚だった部分を埋める
優越感／安心感／満足感
どれかひとつでも所持し、
充実を感じているのであれば
この世に
惨めな人も
可哀想な人も
そういう人が居ると思うことも
ないんじゃないだろうか？

信用

信用とは
その信用してくれている人の身を
預る事
若し、裏切ったりしたのなら
その人の身体は
目の前で
粉々になり、
砂漠の砂の様に　風に吹かれ
もう二度と、
同じ場所には還ってこない

君へ

同じ廻路

人にあげた幸せが
形を変えて
自分に還ってくる様に
人にあげた不幸も
形を変えて
自分に還ってくる

道

瞬間《いま》、考えた
その道は、
逃げる為の道だろうか？
進む為の道だろうか？

思い込み

正面に立ち
貴方が右を向けば
私は右を向く
貴方が左を向けば
私は左を向く

鏡のようにいくと思ったら
大間違いよ

君へ

上を向いた時や
下を向いた時は
私も
同じ気持ちだったり
貴方を理解しようと思って
同じ動作をするけれど

だからって
鏡のようにいくと思ったら
大きな勘違いよ

自由空間

ある程度の自由と
ある程度の束縛を

素直になってもいいだろう
我慢も必要だろう
怒るべきだろう
悲しみたいだろう
少しぐらい甘えたいだろう
少しぐらい甘えられたいだろう
恩返しのひとつもしたいだろう
皮肉のひとつも言いたいだろう
自尊心だって持つだろう

無理して笑わなくてもいいだろう
無理して泣かなくてもいいだろう
北叟笑んだっていいだろう
勝っても負けてもいいだろう
遣遂げたいだろう
嫌いになったっていいだろう
苦手なものぐらいあるだろう
好きになったっていいだろう
安心したいだろう
考えたっていいだろう
怖いものがあったっていいだろう
考えなくてもいいだろう
笑ったっていいだろう
信じていてもいいだろう
慎重になってもいいだろう

なろうと決めていれば
なれるだろう
なれないかもしれないと考えていれば
なれないだろう
そうだと思わないのなら
そうではないのだろう
そうだと思うのなら
そうなのだろう

ある程度の自由と
ある程度の束縛を

闘い

前に進むというのは
大変でもあるけれど
望む目標に辿着くには
進むしかない

負けちゃ駄目よ、自分に

辿着くまでに
色んな自分と出逢うでしょう
しかし
そこで甘えては
破滅の道へ、這入ってしまう

負けちゃ駄目
逃げても駄目
ちゃんと、自分と闘ってゆかなきゃ
己の望む目標まで
辿着く事は出来ないのだから

生きなさい

生きなさい
出直したいのなら
生きなさい
笑いたいのなら
生きなさい
悔しいのなら
生きなさい
夢があるのなら

生きなさい
そこから出たいのなら

生きなさい
何もないのなら

生きなさい
まだ解らないのなら

生きなさい
遣遂げたいのなら

生きなさい
とりあえず
生きてみなさい

恋歌
koika

恋路へ寄り道

心に休みを入れた日
「涙を流したい。」
と、思った

なかなか流れてくれそうにない
涙を前に、
遠いあの人が思い浮かんだ
遠いあの人は
どの様にして
恋い焦がれるのだろう?

告白

「貴方が何を見
何を愛すのか、
すごく、興味があります。」

ひと言

貴方のひと言で
私は
　鳥になれたり
　炎となったり
　瀑布となったり
　深海魚になれたり

貴方のひと言は
　効果抜群
何気ないひと言も
　降下抜群

追懐

形のある死体に涙しても
形のない死体は「肉の塊」と言われる

姿は無くても
面影は残る筈

貴方は食べてくれるだろうか？
貴方だけにしか見せなかった
私の面影を
時々、
偶にでいいから
偲んで欲しいから
食べて欲しいのです

思案投げ首

「人に過去は付きもの」だと
解っている筈なのに、
解っていても
荒海と化す。

さて、
この荒海を
どう押さえるか？
将又
どう発散させようか？

思案に暮れています。

恋文

ずっと一緒に居たい
「永遠に」とは言わないけれど
とても　大切で
とても　好き

古い思い出も愛しいけれど
新しい思い出を作りたい
ずっと、愛し続ける事は出来るけれど
現在《いま》、傍に居て慾しい

独りになる恐怖よりも
貴方を失う恐怖の方が強くて
己の独占慾を呪う

「恋は盲目」
という情態ではないけれど
時折
強く、そう思うのです。

年上の人

水の這入ったワイングラスを覗き
水中を思い浮かべた

冷たくて
瑞瑞しくて
静かな水声が身体中に響く

薄暗い鋼鉄の廊下に伝わる　足音
あの人が振り返り
微笑んでくれたら
世界は　青青とした草原へと
姿を変えるだろうに…

ゆっくり、目を開けると
水の這入ったワイングラスがふたつ
薄暗い鋼鉄の部屋にひとり

無理して買った
似合わない
ワンピースの裾を握り
水の這入ったワイングラスを覗いた。…

月

貴方が見ているのは三日月です
貴方に見せているのは上弦です
貴方に見て慾しいのは満月です
満月を受け入れて慾しいのは
貴方だけです

愛する

何故　君を愛すのだろう？
何故　君が大切なのだろう？

考えても
考えても
浮かぶのは
　君の姿ばかり

この気持ちは　きっと
たくさんの感情が集まって
ぐるぐる　ぐるぐる
渦巻いて
全てを合わせて

ひとつの言葉にした時、
「愛」が生まれたのだろう

君への気持ちが
たくさんある
言葉にするのは簡単だが
伝えようとすると難しい
出来るだけ
出来るだけこの気持ちを伝えたいが為に
君を愛する

愛される人

貴方から愛される人が
羨ましい

私には
どうする力も無くて
ただただ愛してゆくだけ

思いを伝えられても
「好き」が合わされなければ
求める
貴方からの愛情は得られない

こんなにも
好きなのに
こんなに
愛されたいと願っているのに
貴方から愛される人が
羨ましい

泣き笑い

nakiwarai

想像力

なんて、良い天気なのだろう。
雲が
はっきりと白く、浮かび上がっている。
晴天だ。
この青に、灰色は似合わない。
なのに　どうして
雫が落ちてくる。

酷い程鮮明な
晴天だ。

矛盾

何もない日々に
輝く日々に
悲しみを捜す
(無意味だ)
喜びを
素直に
感じられない
(無意味だ)
求めていたものを手に入れ
怖くなる
(無意味だ)
知っている
どんな顔か

でも、見ない
見たくもない
怒りが
込み上げてきて

（自虐的行為）

無意味だ

自由の果て

夢うつつな空想
己の想像だから
どうにでも出来るんだ

誰からも
何からも
束縛されない
自由なんだ
でも
置いてきぼりにした身体

光は見ても
空は見ない

自由なんだ
でも
ひとりなんだ

日常の悲しみ

壊れやすい
透明の幸せ
何でもない事が　頬をくすぐり
涙が滲出てくる

喜びの中には悲しみが…

透明な硝子の風が
撫でる様に
耳を刺してゆく

先を見てしまう目を
　閉じる事が出来たなら…

「…くだらない。」

悲しみの渦へ入る前に
泣いて
笑って
幸あれ!

あとがき

ここにある詩は
終わりに立っています
ここに居る私は
始まりに立っています

正直な気持ち
嬉しくて
怖くて
不安で
楽しみです

願わくば
最初で
最後の詩集と
なりませんように

夢海　さなみ

著者プロフィール

夢海　さなみ（むかい　さなみ）

19ｘｘ年４月６日、愛媛県に生まれる。
天野喜孝、ホアキン・トレンツ・リャドの作品が好き。

（どちらかと言うと現在は）
栗タルトとチョコレイトが好き。

無我夢中

2002年１月15日　初版第１刷発行

著　者　夢海《むかい》　さなみ
発行者　瓜谷　綱延
発行所　株式会社　文芸社
〒112-0004　東京都文京区後楽2-23-12
電話　03-3814-1177（代表）
03-3814-2455（営業）
振替　00190-8-728265
印刷所　株式会社　平河工業社

ISBN4-8355-3182-5 C0092